KB121367

별의 미로

별의 미로

다산의 시대, 출구는 하나

이유진

목차

누군가 인공의 대지에 콘텐츠의 씨앗을 심었다. 씨는 발아하여 폭발적으로 뿌리를 뻗어 나갔다. 뿌리는 무언가 찾기라도 하듯 땅을 여기저기 헤집고 다녔다. 땅은 급변하며 거대한 미로를 세우고 있었고, 우리는 그 미로에 놓였다. 미로가 위로 솟아 넘쳐 흘렀다. 그러자 여기저기에서 지금 당장 뭐라도 하라는 외침이 메아리처럼 울려 퍼졌다. 하나둘씩 콘텐츠의 꽃이 피었다.

사람들은 꽃에 홀려, 미로의 출구를 찾는 일은 잊은 듯했다. 잠시 후 몇몇 사람들이 흩어졌다. 어떤 꽃을 어떻게 피울 것인가를 고민하며 떠난 사람이었다. 또 몇몇은 꽃에 몰린 사람들을 지켜보고 있었다. 이 땅은 그렇게 사람들의 시선 너머를 향하고 있었지만, 점차 시선 너머의 본질을 추구하는 자와 그저 시선의 방향을 추적하는 자로 분단되고 있었다.

우리는 쉬지도 않고 밤낮으로 콘텐츠를 출산하였다. 그렇게 콘텐츠의 바다는 생성되었다. 수많은 정보와 이야기, 여러 경험담이 바다로 흘러 들어왔다. 바야흐로 다산의 시대! 쏟아지는 축복 속에 한편으로 시선 끌기는 더 어려워졌다. 사람들은 어디로 가는 걸까? 나침반을 가지고 있기는 한 걸까? 바다에서 떠내려온 사람 중 일부는 표현 과잉의 선동으로 물의 염도를 변화시키기도 했다. 무엇을 어떻게 표현할지 생각이 깊어지는 사람과 생각할 시간에 한마디라도 더 많은 말을 생산해 보려는 사람. 선동은 그 둘의 이념을 갈라놓기에 충분했다.

이념은 어느덧 커다란 달빛처럼 퍼져 우리 주위를 맴돌았다. 어둠을 밝히는 달빛에 매료된 몇몇은 의지와 희생의 깃대를 꽂기도 하였다. 시간이 흐르자, 깃대를 꽂은 자와 꽂지 못한 자가 또 한 번 나뉘었다. 깃대를 꽂은 자의 영향력을 보며 우리의 시선은 또 한 번 달에 향했다. 우리는 결국 서로에게 더 강한 영향을 주고 싶은 것일지도 모른다. 그러나 우리는 별의 공전이 너무 가깝지도 멀지도 않은 자연스러움에서 일어나야 함을 알고 있다.

마음에 말 구름이 인다. 몸이 지치고 힘든 날이면,

마음에 비가 들이친다. 비를 맞으며 어두침침한 길거리를 지나니, 지친 입에선 거친 음표 소리가 흘러나온다. 비는 내리다 금방 개겠지만, 당장 그칠 줄을 모른다. 멈추는 법을 잃어버린 땅 위에 현재의 마디를 긋는다. 눈을 감고 원하는 소리가 무엇인지 천천히 적어 내려간다. 마침표를 긋고 일어나 두 눈을 뜨면 새롭게 움직일 힘을 얻는다. 이 책은 어지러운 미로 속에서 오늘이 힘들었던 우리의 마디를 응원하는 쉼표 같은 책이다. 건강한 몸과 마음, 긍정적인 생각을 일으켜 조금 더 따뜻한 영향력을 미치고 싶은 별의 꽃이다.

2024년 새해를 바라보며
이유진

1.
바다를
품은
아이로
태어나다

우리는 적당한 거리에서 만났다. 인연이라는 궤적 위에서 균형을 잡고 있었다. 우리 사이에 작용하는 힘은 줄다리기의 대화였다. 닿을 듯 말 듯 아슬아슬한 마찰은 우리의 온도를 상승시켰다. 뜨거운 힘과 열이 유입했다. 우리의 성분은 따뜻한 폭포수를 쏟아내며 방출되었고, 반복되는 온도 상승과 하강으로 마침내 뜨거운 땅을 식혀냈다. 태초의 바다를 만나기까지 오랜 시간이 걸렸다. 그렇게, 바다를 품은 아이가 태어났다.

바람이 불자 바닷물이 햇빛에 아름답게 찰랑거렸다. 사람들은 반짝이는 바닷빛에 매료되어 망망대해를 바라보고 있었다. 거센 바람에 파도가 휘몰아쳤다. 파도에 부딪히는 바람은 또 다른 바람을 만들어내고 있었다. 거센 바닷바람을 맞은 사람들은 조급함을 느끼고 되돌아가기 시작했다. 끌어당기는 힘에서 탄생한 바다는 끌리는 대로 쓸려 다녔다. 삶의 방향에 정답이 있다는 듯 밀물과 썰물 사이를 오가며 무한한 에너지를 만들어냈다. 힘과 긍지에는 경이로움이 담겨 있었다.

꿈으로 가득 찬 아이는 망설임이 없다. 모든 것을 새롭게 느끼며 순수의 눈으로 바라보는 아이를 응원하게 되는 것은 어쩌면 당연한 일일지도 모른다. 뭐라도 하라고 보채지는 않았지만, 아이는 계속해서 오늘 하루를 경험해 나가고 있었다. 혼자 줄을 잡고 그네를 타며 기뻐했고, 작은 블록 탑을 쌓아 누군가에게 보여주고 싶어 하기도 했다. 혹여 오염된 방류가 섞이더라도, 자정의 의지로 그 누구보다 맑고 푸를 나의 바다이다.

01-01-01

나는 뱃속에서 고민했다. 예쁜 내 몸을 빚기 위해 예쁜 너의 몸을 깎았다. 미안했다. 고생한 널 안아주고 싶어 너에게로 찾아왔다. 하나의 삶을 위해 모두가 최선을 다했다. 태어나니 눈이 부셨다. 이곳이 우리의 존재를 환하게 밝히고 있었다.

바다를 품은 아이로 태어나다

01-01-02

나는 완전히 독립했다. 사실은 독립하고 싶지 않았다. 너와 더 오래 이어져 있고 싶었다. 우리를 잇고 있던 제대가 떨어지니 더 온전한 느낌을 받는다. 아프진 않았는데, 아픈 것 같았다. 예쁜 배꼽이 생겼다. 예방 주사도 씩씩하게 잘 맞았다. 그렇게 자립을 시작하고 있었다.

01-01-03

나는 눈을 맞추었다. 시간이 흘러 색이 보이고 초점의 상
이 맞았다. 세상을 제대로 볼 수 있게 될 때까지 오랜 시
간이 걸렸다. 내 눈을 보호하는 눈썹과 속눈썹도 예쁘게
자랐다. 예쁜 눈으로 너를 바라보았다. 내 눈에 좋은 것
들을 많이 담을 거다.

바다를 품은 아이로 태어나다

01-03-04

나는 숨을 크게 쉬었다. 후, 후, 깊은숨을 내뱉어 생일상에 켜진 작은 촛불을 껐다. 나의 숨을 축복하는 얇은 연기가 아지랑이처럼 하늘로 솟았다. 너는 내 손에 예쁜 꽃다발을 쥐여주었다. 꽃에서 향긋한 꽃향기가 났다. 좋은 향이 나는 곳을 잘 찾아갈 거다.

01-01-05

나는 작은 입을 열고 밥을 먹었다. 내 배는 따뜻한 밥으로 채워졌다. 허한 속이 든든하니 좋은 기분이 차올랐다. 하얀 첫 이가 주뼛거리며 수줍게 올라왔다. 내 속을 함께 채울 든든한 지원군이었다. 이제, 더 잘 먹을 수 있다.

바다를 품은 아이로 태어나다

01-01-06

나는 소리를 들었다. 시끄러운 소리가 들리니 몸을 움직일 수 없었다. 네가 나를 안고 내 귀를 막으며 내 이름을 불렀다. 괜찮아. 귀를 막았는데도 소리가 들렸다. 상냥한 소리는 무서운 소리를 덮었다. 너는 내 귀를 간지럽히며 쓰다듬어 주었다. 소리의 편안함이 마음을 다독였다.

01-01-07

나는 목욕이 즐거웠다. 따뜻한 물에 온몸을 맡겼다. 피부 감각 하나하나에 포근함이 넘쳐흘렀다. 푹신한 수건을 두르고 온몸에 차가운 로션을 발랐다. 체온이 감각을 타고 촉촉한 상쾌함을 전했다. 온몸이 반짝거렸다. 잠을 더 잘 잘 수 있을 것 같다.

바다를 품은 아이로 태어나다

01-01-08

나는 잠을 잘 잤다. 새근새근 자는 동안 머리카락이 많이 자랐다. 온몸이 몽글몽글 차오르며 열심히 성장했다. 몸이 아파 밤을 지새운 적도 있었다. 아우~ 하며, 졸려서 하품도 했다. 유난히 하루가 고단했던 날, 고단한 너는 그렇게 나를 열심히 재웠다.

01-01-09

나는 소화하고 있었다. 어떤 것이 내 것이 될지 몰라 최대한 많이 먹어보았다. 에, 에, 속이 좋지 않은데, 몸이 마음대로 움직이지 않는다. 급한 마음에 용을 쓰다 속을 게워 내기도 했다. 따뜻한 네 손이 내 등을 토닥이며 내 속을 내 것으로 채웠다. 소화했다. 꿈에서도 먹는 꿈을 꾸었다.

바다를 품은 아이로 태어나다

01-01-10

나는 성장하고 있었다. 예쁜 손바닥과 발바닥이 포동포동하게 차올랐다. 마음에 드는 양말도 금방 작아졌다. 그들은 즐길 새도 없이 나를 스쳐 갔다. 그중 몇몇은 창고 한구석, 추억 상자 안에 담겨 누림을 추억하고 있었다. 즐길 수 있을 때 온전히 최선을 다해야겠다.

01-02-01

나는 목 가누기를 시도했다. 시도하는 내내 목을 받쳐주는 너에게 감사했다. 고개를 드는 법 이전에 숙이는 법을 먼저 배웠다. 네가 날 엎드려 놓았다. 결국 낑낑거리다 대견히 해냈다. 더 잘 해내고 싶다. 어엿하게 고개를 세우고 세상 홀로서기를 시작했다.

바다를 품은 아이로 태어나다

01-02-02

나는 손을 관찰했다. 이렇게 복잡하게 생겼다니. 주먹을
쥐니 고기처럼 생긴 것 같아 먹기를 시도했는데, 못 먹는
다. 그냥 마음먹은 대로 무엇이든 할 수 있는 내 손이다.
망설임에 놓였을 때 내 손을 바라보아야겠다. 아무리 복
잡하게 생긴 길도 그저 내 손 안에 있다.

01-02-03

나는 입을 움직이며 옹알이 소리를 내보았다. 무슨 말을
처음 할까? 내게 중요한 것, 맘ㅁ…, 아니, 아니지. 엄마,
아빠! 내 첫 단어를 접한 네 표정을 잊지 못하겠다. 나를
둘러싼 소리는 내 귀를 타고 들어와 내 입으로 나간다.
듣는 대로 말하게 되니, 곁에 좋은 소리를 두어야겠다.
또, 예쁜 내 입도 좋은 소리를 내야겠다.

바다를 품은 아이로 태어나다

01-02-04

나는 뒤집기 연습을 해보았다. 보는 사람 숨넘어가기 전에 해내야겠다. 불굴의 의지로 뒤집기를 시도했다. 뒤집었다! 기분 좋은 성공에 뒤집기를 멈출 수 없었다. 뒤집기는 끝날 때까지 끝난 게 아니다.

01-02-05

나는 이유식을 스스로 먹어보았다. 숟가락을 쥔 손은 떨고 있었다. 사방으로 튀는 밥알이 바닥에 눈꽃처럼 떨어졌다. 그중 살아남은 낯선 맛들이 입에 도착했다. 시간과 공간의 합을 음미하며, 그렇게 나는 성취를 배우고 있었다.

　　　　　　　바다를 품은 아이로 태어나다

01-02-06

나는 배밀이를 시도했다. 내 앞에 놓인 요란한 장난감을 간절히 낚아채고 싶었다. 팔을 쭉 뻗고 온몸을 움직였다. 그리고 천천히 앞으로 나아가 장난감을 잡았다. 너는 또 다른 장난감을 저 멀리에 풀어놓았고, 나는 그곳에 갈 수 있다는 확신이 들었다. 원하는 곳 어디든 가볼 거다.

01-02-07

나는 앉았다 일어났다. 온 힘을 다해 일어나 두 발로 몸을 지탱했다! 몇 초 남짓 후에 몸이 요동쳤다. 나의 급한 마음을 너는 한풀 잡아주었다. 천천히 앉았다. 앉아서 쉬었다. 힘이 들기 전에 가끔 멈추어 쉬는 법을 잊지 않아야겠다.

바다를 품은 아이로 태어나다

01-02-08

나는 잡고 일어서기를 시도했다. 처음엔 누구나 잡을 것이 필요하다. 두 다리에 힘을 주고 한 걸음 한 걸음, 걸음마를 걸었다. 네 감격의 표정을 쫓아 나는 열 걸음 성공했다! 네가 나를 번쩍 들어 꽉 안아주었다. 한걸음에 담긴 역사는 늘 커다란 감동의 의미로 전해졌다.

01-02-09

나는 올라서기 시작했다. 소파에 다리 하나를 걸쳐 낑낑
댔다. 높은 곳에 올라와 새로운 것을 보았다. 알고 보니
별것 없었다. 소파 아래를 흘긋 보았다. 내려가려니 무섭
기도 했다. 더 높은 곳을 오르려면, 내려가는 연습을 더
해야 할지도 모른다.

　　　　　　바다를 품은 아이로 태어나다

01-02-10

나는 새로운 사람들을 만났다. 서로를 어떻게 부를지 고민하며 우연의 만남에 적응한다. 새로움은 나와 맞지 않음을 찾아가며 나를 알아가는 즐거움이다. 그 과정에서 우연히 만난 줄 알았던 우리는, 서로에게 필연이 된다.

01-03-01

나는 배시시 웃음을 터뜨렸다. 까르르 웃음이 나왔다. 내 앞에서 최고의 코미디언이 되는 너를 보며, 난 웃을 수밖에 없었다. 웃음이란 내 곁에서 안심해도 된다는 무언의 선물과 같다. 우리는 그렇게 서로의 엔도르핀이 되어가고 있었다.

바다를 품은 아이로 태어나다

01-03-02

나는 장난기 가득했다. 까꿍! 하니 너도나도 행복해했다. 여기에 있는 것이 생생히 느껴져서일까. 네가 좋아해서 시작한 짝짜꿍, 곤지곤지, 죔죔도 어느덧 그 자체로 집중할 수 있는 것들이 되었다. 그렇게 너의 미소에 나는 애교의 태를 갖추어가고 있었다.

01-03-03

나는 도움을 요청했다. 눈빛과 표정, 손짓과 발짓을 총 동원했다. 어떻게 표현할지 답답해 입이 제멋대로 삐죽 거리며 눈물이 났다. 그리 세상 억울한 표정은 누구한테 배웠어? 하며 너는 나를 꽉 안아주었다. 네 손가락을 붙 잡고 저쪽으로 이끌었다. 그렇게 우리는 표현의 주파수 를 맞춰 가고 있었다.

바다를 품은 아이로 태어나다

01-03-04

나는 네 말을 따라 해보았다. 할 수 있다! 누가 누구의
말을 먼저 따라 했는지 모르지만, 우리는 서로의 외침에
무엇이든 다 할 수 있을 것 같았다. 너를 따라 재잘재잘
떠들었다. 어떻게든 내 생각을 잘 전달하려는 이 노력을
잊지 않을 거다.

01-03-05

나는 나를 인정한다. 인정의 땅에서 긍정의 꽃이 핀다. 칭찬의 볕과 격려의 비에 꽃이 퍼진다. 포근한 이 땅에선 넘어져도 피식 웃어넘긴다. 손을 탈탈 털고 다시 일어난다. 꽃이 만개한다. 온 힘을 다해 알리고 있다. 나는 이미 잘하고 있다고.

바다를 품은 아이로 태어나다

01-03-06

나는 맛을 보았다. 한 번만 먹어보라는 네 얼굴을 보며 씹고 뱉기를 반복했다. 그땐 몰랐었다. 식탁 위엔 날 위한 마음으로 가득 차 있다. 그 요리는 내 몸과 마음을 채운다. 최선을 다해 식사했다. 식사에 감사의 예를 갖추었다.

01-03-07

나는 잠자리에 들어 이불을 덮었다. 오늘 하루 성장하느라 고생했어. 하며 내 다리와 발바닥을 시원하게 마사지해주는 네가 있었다. 하루의 끝에서 내 몸을 주무르는 너의 마음이 내 피곤함을 녹이고 있었다.

바다를 품은 아이로 태어나다

01-03-08

나는 네 손을 잡았다. 커다란 손가락 하나를 꽉 붙잡으니, 마음에 거대한 힘이 차올랐다. 포동포동 차오른 나의 고사리손은 조물조물 고단한 너의 손바닥을 안마했다. 아이고~ 시원해. 그렇게 너는 세상에서 가장 시원한 안마를 받는다고 했다.

01-03-09

나는 두 손을 뻗어 너를 바라보았다. 너는 못 이기는 척 나를 안아주었다. 어부바! 하며 날 받치고 있는 너의 따뜻한 등이 너무 포근하고 따뜻했다. 네가 지쳤을 땐, 내가 안아 줄 거다. 내가 알아줄 거다. 내가 더 사랑할 거다.

바다를 품은 아이로 태어나다

01-03-10

나는 절실한 시간을 보내왔다. 너 없이는 살 수가 없었다. 무서워서 자주 눈물이 났다. 살포시 나를 안아주는 너를 꽉 붙들어 안았다. 너는 알까? 네가 내게 얼마나 절실한 존재인지를. 네가 날 사랑하는 거보다, 사실은 내가 널 더 사랑한다는 것을.

2.
꿈의
발자국으로
대지를
다져가다

놀이터의 풍경이 여러 차례 바뀌었다. 아이는 꽃잎이 흩날리는 놀이터 사이사이를 달리며 미끄럼틀 기둥에 숨었다. 땀을 뻘뻘 흘리다 나무 위에 앉은 참새를 발견하고는 잠시 시원한 바람을 즐기기도 했다. 폭신한 단풍 낙엽 이불 위에 누워 팔을 휘저어 보기도 하였고, 눈이 오면 오들오들 떨면서도 볼이 빨개지도록 뛰어놀았다.

　　망각의 시간이 흘러, 앞에 놓인 것을 잡으려 걸음마를 했을 뿐인 아이는 사라졌다. 바람을 따라 걷다 보니 우리는 무엇을 잡고 싶은지 때로는 방황하기도 하고, 뭐라도 잡아야 한다고 스스로 몰아세우기도 하였다. 정신을 차려보니 여긴 어디인지, 나는 왜 여기에 있는지조차 희미한 기억 속에 흘러 들어왔다.

　　그러고는 경험의 꽃 한 송이가 피어있는 땅에 멈춰섰다. 웅크리고 앉았다. 잠시 멈추고 나서야 이곳이 어디인지 살펴보게 되었다. 힘든지도 모르게 즐거웠던 길이었다. 그 길을 멈춘 것에 조급함이 느껴질지도 몰랐다. 주위를 살필 수 있는 시간이 되어서야, 그렇게 나의 길 뒤로 나의 땅을 살펴준 누군가가 있었다는 것을 깨닫게 되었다.

　　우리는 아기 때부터 세상이 내 마음대로 되지 않음

을 깨우치며, 감정의 동요와 함께 투정을 부리기도 하고 투쟁하기도 했다. 때로는 잘 몰라서 당연하게 실수하기도 했지만, 그럴 때마다 항상 더 나은 방법을 찾아냈다. 그러니 가려는 마음과 버티는 마음 사이에서 조급해하지 말고, 잠시 멈추어 다친 곳은 없는지, 불편한 곳은 없는지 몸을 잘 살펴보기로 한다. 척박해진 생각은 꽃을 피우기 어려우니, 땅을 잘 다져가며 길을 걸어간다. 가는 길에 너무 동떨어지지도, 부담스럽지도 않은 적당한 거리에서 시원한 바람을 느끼길 바라며 응원의 말을 전해본다.

02-01-01

나는 준비 해보기로 했다. 시장에 무엇이 있는지 둘러보고, 가격표를 살펴보고, 적당한 재료를 골라 요리법을 찾아본다. 흔한 조미료도 하나둘씩 천천히 모아본다. 지금 당장 먹고 싶은 게 없어도 준비를 해놓아야 먹고 싶을 때 먹을 수 있는 것처럼.

02-01-02

나는 일이 많다고 느낄 때가 있었다. 가득 쌓인 나뭇더미를 이렇게 패기만 하다, 불을 못 피우진 않을까, 생각하기도 했다. 그러나 나무와 불의 관계를 발견했을 때, 나무는 그저 장작이다. 얇게 쪼개 놓은 장작을 모아 불을 지핀다. 모든 일은 연결되어 있다. 한번 불이 타기 시작하면, 무엇이든 할 수 있다.

02-01-03

나는 경기 중이다. 득점보다 실점이 크게 보일 때가 있다. 넋을 놓고 점수를 보다 또 실점 되었다. 눈물이 찔끔 났다. 감정이 옐로카드를 내민다. 동기부여이다. 잘하는 것과 좋아하는 것을 머릿속에 다시 그려본다. 즐김의 옷을 입고, 승패를 넘어선다.

꿈의 발자국으로 대지를 다져가다

02-01-04

나는 감정의 무게를 느낄 때가 있다. 솎아내지 못한 갈등의 땅에 긴장의 뿌리가 엉겨 붙는다. 쿵쾅거리며 빨리 가려는 심장과 꽝꽝 얼어붙어 버티는 몸을 동시에 느낀다. 그럴 때마다 깊은숨으로 감각을 잘 풀어나가 본다.

02-01-05

나는 오늘도 도미노를 세웠다. 매 순간의 선택이 하루를 만들고, 하루가 모이고 모여 나의 그림을 이루었다. 그림이 틀렸다고 하는 법은 없다. 그림을 그리는 나의 선택이 틀릴 리도 없다. 집중해 본다.

02-01-06

나는 항해의 깃발을 달았다. 우연히 동경의 등대를 만났다. 동경은 저 멀리서, 존경이 머문 닻을 끌어올려 나를 움직이는 키가 되었다. 마음에 힘이 닿아 이루어진 일은 모두 역사로 남았다. 항해를 서두르지 않더라도, 결국 모든 일이 나만의 역사로 기록되고 있다. 역사를 우러러 항해의 의의를 찾아가고 있다.

02-01-07

나는 마음에 이유를 묻곤 했다. 왜에 대한 극에 닿았다. 마음에는 자력이 있다. 때로는 마음과 다른 행동에 끌리다 나를 밀어내는 극과 만나기도 한다. 이렇게도 해보고 저렇게도 하다 보면, 나와 맞는 극을 찾아갈 수 있을 거다.

꿈의 발자국으로 대지를 다져가다

02-01-08

나는 휴식에서 적막을 느꼈다. 뭐라도 해야 할 것 같았다. 몸과 생각에서 여유를 빌려와 마음을 채워보았다. 천천히 걷다 나무 그늘 밑 벤치에 앉았다. 작은 책 한 권 꺼내어 독서도 낙서도 해본다. 적막이 걷힌다. 그제야 마음 편히 단잠에 든다.

02-01-09

나는 풀이를 시작한다. 일상의 시험에서도 문제를 해석한 후에 풀이 고민을 시작한다. 시작했다는 것이 이미 반은 해결된 거다. 답을 행하는 것은 얼마 걸리지 않는다. 고민과 걱정 사이, 시험 시간에 집중해 본다.

꿈의 발자국으로 대지를 다져가다

02-01-10

나는 오늘 하루 고군분투하는 존재였다. 수많은 일들이
내 일상판 위에 놓인다. 각 판에 배치된 보이지 않는 나
와 싸운다. 모든 내가 전사하고 나서야, 최후의 판에 선
최후의 나와 마주한다. 나의 나태를 추모한다.

02-02-01

나는 책이 좋다. 작은 책 안에 큰 세상이 담겼다. 단어 하나에 새겨진 마음과 문장 한 줄에 걸쳐진 생각이 종이 위를 뛰어다닌다. 책장에서 책 한 권을 골라온다. 너와 함께 책 읽는 시간이 즐겁고 행복하다. 언젠가 네게 읽어 줄 거다. 내 세상을.

꿈의 발자국으로 대지를 다져가다

02-02-02

나는 동물이 좋다. 작은 동물들이 옹기종기 모여 있었다. 나와 다른 새로운 존재에게 다가갈 용기를 냈다. 나만 용기를 낸 줄 알았는데, 예쁜 아기 동물들도 용기 내고 있었다. 서로의 용기를 마주하는 일이 설레고 즐거웠다.

02-02-03

나는 미술이 좋다. 물감을 짜내 그림을 그렸다. 모처럼 집중했다. 내 그림은 잘 보이는 곳에 전시되었다. 그 그림을 보며 우리는 종종 이야기했다. 어떤 날에는 무력한 가위에 슬픔을 내주었다. 진짜 가위를 내 손에 쥐여준 너는 무딘 날에도 손을 조심해 달라고 당부하였다. 그러고는 앞으로 빼꼼 나온 내 집중 입을 사랑스러워했다.

02-02-04

나는 나무가 좋다. 나무에 물을 듬뿍 주니 행복했다. 나는 행복했는데, 나무는 과한 습기에 뿌리가 썩기도 했다. 물뿌리개로 적당히 물을 뿌리는 법은 아직도 어렵다. 내 나무는 얼마큼의 물을 받을 수 있을까? 배려의 빛과 대화의 바람, 희망찬 영양을 잘 챙겨주어야겠다. 무럭무럭 자랐으면 좋겠다.

02-02-05

나는 산책이 좋다. 산책하며 계절의 자유를 느꼈다. 봄
엔 수줍은 여우비를 맞고, 한여름 소낙비가 만든 물웅덩
이를 찰바당거리며 몸을 적셨다. 가을밤 미끄럼틀에 고
인 짓궂은 습기와 겨울 하늘 눈꽃이 손에 녹은 물기를 보
고 놀라워했다. 자연만큼 자유롭고 싶어 밖에 나가지 않
을 수 없었다. 기분이 참 좋았다.

꿈의 발자국으로 대지를 다져가다

02-02-06

나는 음식이 좋다. 모든 감각을 동시에 느끼는 유일의 경험이다. 모양과 향, 그리고 맛과 식감을 표현한다. 요리의 예를 갖춰 음식을 즐긴다. 여러 경험을 지지고 볶아 본다. 경험의 진입장벽을 넘어 새로운 도전을 요리해 본다.

02-02-07

나는 음악이 좋다. 너를 따라 소리를 내었다. 노래를 따
라 부르기도 하고, 피아노를 치며 노래했다. 검은 건반
에서 미묘한 소리가 났다. 하얀 종이에 소리의 계단을
그렸다. 작은 손가락이 계단을 딛고 걸었다. 미묘할 줄
알았던 소리는 조화를 이루었다. 아름다운 소리가 사방
에 울렸다.

꿈의 발자국으로 대지를 다져가다

02-02-08

나는 놀이터가 좋다. 줄을 잡는 방법을 터득하니 그네도
혼자 탈 수 있게 되었다. 시원한 바람을 타고 웃음소리
가 번졌다. 집 앞에 놀이터에서 놀다 새로운 놀이터를 찾
았다. 새로운 미끄럼틀과 시소에 올라탔다. 같은 듯 다
름에 즐거워서 힘든 줄을 몰랐다. 깨우치는 만큼 놀 수
있을 것 같았다.

02-02-09

나는 균형이 좋다. 정글짐에 올라서서 철봉을 잡고 매
달리다가 높이 점프했다. 두 팔과 다리, 몸 사이의 간격
에 모든 균형이 맞았다. 적절한 간격을 찾고 나서야 아
슬아슬한 힘의 균형을 버틸 수 있게 되었다. 왠지 모르
게 신이 났다.

꿈의 발자국으로 대지를 다져가다

02-02-10

나는 시도가 좋다. 꿈을 쪼개어 비슷한 것끼리 하나씩 나열 해본다. 무엇이 좋을지 고민할 시간에 수많은 액세서리를 내 몸에 하나씩 대본다. 선택에 앞선 수많은 시도가 결정의 감각을 키운다.

02-03-01

나는 밝게 인사했다. 지나가는 사람마다 손 흔들어 인사해 보기도 했다. 어떤 사람은 내게 인사해 주었고, 그중 더 가까이 다가와 내 이름을 묻는 사람도 있었다. 또, 어떤 사람은 눈치를 보며 바쁘게 길을 떠났다. 그렇게 관계의 예를 배워가고 있었다.

꿈의 발자국으로 대지를 다져가다

02-03-02

나는 선을 긋는다. 받는 것에 익숙해지다 보면, 늘 모든 것을 받아야 할 것 같다. 무작정 받기만 하기보다 조율을 잘하는 아이로 성장할 거다. 이건 저 혼자 할 수 있어요. 제가 도와드릴 건 없을까요? 너는 내가 대견하다고 했다. 그리고 덧붙였다. 네가 할 수 있는 것을 하면 된다.

02-03-03

나는 소유를 시작했다. 놀면서 다투기도, 투쟁하기도 하였다. 너는 조심스럽게, 양보보다 소유를 먼저 배우도록 도와주었다. 소유는 여유가 되고, 여유에서 양보가 생긴다. 공유의 땅에서 마땅히 나의 것을 표현하는 용기를 가진다.

꿈의 발자국으로 대지를 다져가다

02-03-04

나는 대화의 수를 놓는다. 좋은 영향력은 잘 짜인 기획이다. 감각은 어떠한 수에도 지지 않을 판을 깔고, 논리는 편안한 긴장감이 도는 수를 놓는다. 포석이다. 우리 사이 돌이 채워진다. 수 마디에 판세가 뒤집힌다.

02-03-05

나는 맞는 신발을 찾는다. 어느새 커진 발에, 새 신발을 사러 갔다. 여러 신발을 꼼꼼히 둘러보았다. 신발을 여러 번 신고 벗어보았다. 손발이 맞지 않을 땐 신발을 가끔 거꾸로 신기도 했다. 마음에 드는 신발을 신중히 골랐다. 맞는 신발을 신었다. 고개를 들고 가고 싶은 곳에 가본다.

꿈의 발자국으로 대지를 다져가다

02-03-06

나는 시간을 재단하기 시작했다. 시간의 형상을 펼쳐 시각의 시침 선 안에 넣었다. 감각의 바늘이 선을 따라 시간을 꿰맸다. 시간이 춤을 추는 것 같았다. 이룸의 욕망은 원동력이 되어 성취를 선보이고 있었다.

02-03-07

나는 가치를 기억에 포장했다. 우리는 승리의 브이 포즈를 취하며 카메라를 보고 웃었다. 망각의 숲에서 시간 가는 줄 모르게 시간의 기록을 보곤 했다. 기록에 담은 가치가 허무함의 기로에서 나를 이끌었다. 저마다 다른 세대의 교차로에서 우리는 모두 웃고 있었다.

꿈의 발자국으로 대지를 다져가다

02-03-08

나는 후회를 고민했다. 지난날의 결정에, 망설임이 떠민 시간과 아쉬움이 남는 선택이 찾아왔다. 이전의 나에서 현재의 나를 느낀다. 멀찍이서 다가오기를 주저한다. 다가갔다. 머쓱한 웃음을 짓는 아쉬움의 어깨를 주무르고, 어딘가 의기소침해져 있는 망설임의 뒷모습을 꽉 안아주었다.

02-03-09

나는 하루를 즐겁게 수집했다. 하루를 정리하며 흩어진 놀이조각을 모았다. 주위가 깨끗해지게 청소도 했다. 필요 없는 것은 버리고 필요한 것은 다시 모은다. 남은 것들로 나의 조각을 채워나간다.

꿈의 발자국으로 대지를 다져가다

02-03-10

나는 길을 향한다. 글은 시작되었다. 시작의 단편에서 육하원칙을 달고 시행착오를 적어 내려간다. 시행의 착수보다 착오의 시정을 상세히 담아본다. 글이 짧아지며 단편이 끝났을 때 이미 한 편의 성공을 이루어낸다.

3.
만월의
달빛이
밤하늘을
비추다

세상이 어두워지니 달이 더 환하게 보였다. 우리는 차오르는 달을 멍하니 바라보았다. 그러다 달의 바다에서 꽃게와 토끼를 찾기도 했다. 무색한 시간이 돌아갔다. 급변하는 시대는 하루를 빨리 감기 하듯 시간을 흘렸다. 무엇을 시도하기도 전에 어둠이 찾아오고, 또 다른 빛은 세상을 밝혔다. 날이 밝기 전, 달빛은 우리 위에서 아롱거리며 어둠을 밝히고 있었다. 그런 달빛을 보고 있자니, 거대한 스포트라이트를 받는 느낌을 받았다.

우리는 빛을 반사하는 거울을 깨고 나서야 스스로 빛을 내기 시작했다. 무대의 막이 내리고 내가 받은 것은 박수였나 야유였나? 뒤에서 소곤거리는 평가가 귀에 맴돌곤 했다. 평가의 속삭임은 때로는 무거운 짐이 되기도, 무기력이 되기도 했다. 잘했다, 못했다, 생각하기도 전에 내 모습에서 부모의 모습을 보게 된다. 어릴 적 나와 부모의 모습을 반추하며, 내가 잘했을 때 받은 것은 칭찬이었나, 무심이었나? 부족했을 때 받은 것은 질타였나, 격려였나? 그렇게 기억을 더듬거리며 해답을 찾는 듯했다.

온 마을의 횃불이 꺼져가니 아기가 귀해지는 사회이다. 잿빛으로 흩날리는 불안한 사회에 날이 선 말들이 돌아다닌다. 양육 경험은 점점 더 특별해지고 있다. 특별

한 일상을 온전히 해내고 싶은 우리는 우리를 향한 칼날을 겸허히 받아들여야 할지도 모른다. 때때로 아기의 행동을 유도하거나 제한하는 순간에 직면한다. 마음만 앞서는 아이에게 어떤 행동이 바람직한지 알려야 한다. 감정이 솟구치는 상황에서도 감정의 얼룩이 말에 묻지 않도록 애써본다. 아이가 크레파스로 낙서하는 행동에 건넬 수 있는 표현은 다양하다. "바닥에 낙서하면 안 돼!", "낙서하면 힘들 것 같네, 이 크레파스는 가져갈게.", "낙서 다 하면 이야기해, 이따 같이 지우자.", 혹은 말없이 지켜보다 낙서를 지우는 모습을 보여줄 수도 있다.

아이가 스스로 빛을 내기 시작할 때까지 우리는 아이의 세상을 밝혀줄 것이다. 우리의 생각은 아이의 세상을 얼만큼 비춰줄 수 있을까? 좀 더 따뜻하고 환한 빛으로 밝혀주자는 마음을 기억하자. 그러기 위해서는 우리의 몸과 마음, 생각을 잘 정리하는 것이 필요하겠다. 비단 아이의 세상뿐이랴!

03-01-01

나는 체력에 집중한다. 어떤 참고서를 보든 결정은 스스로 한다. 기세를 응원한다. 새로움과 익숙함 사이에서 나의 정도는 계속 움직이고 있다. 피할 수 없으면 즐기되, 피할 수 있으면 피한다. 쉬운 길을 찾다가도 어려운 길에 도착했을 때 망설이지 않는 체력을 준비한다. 움직여 본다.

만월의 달빛이 밤하늘을 비추다

03-01-02

나는 경쟁을 주의한다. 승패가 적힌 룰렛이 돌아가기 시작했다. 감각의 눈금은 성장과 도태 사이에서 오늘도 긴장하고 있었다. 잠시 나의 기록을 돌아보며, 자신과의 경쟁, 온전한 나에 집중했다. 결국 눈금이 가리킬 곳은 성취뿐이다.

03-01-03

나는 신뢰에 집중한다. 난간에 살짝 기대었다. 신뢰는 시간의 할증이 붙는 난간 같았다. 어쩌다 난간에 불이 나면 지나온 시간도 함께 불타오를 것만 같다. 믿음의 크기만큼 절망의 재가 다리 위에 떨어진다. 그러고는 점차 난간에서 한 걸음 떨어진 채 길을 오르게 된다.

만월의 달빛이 밤하늘을 비추다

03-01-04

나는 오지랖을 주의한다. 관계의 체스판에 말을 유심히
살펴본다. 어디로든 갈 수 있는 퀸과 쉽게 움직이지 않는
킹, 그리고 각각의 말들이 있다. 판을 본다. 말들이 지켜
지는지, 쉽게 쓰이는지 파악한다. 많은 말이 알맹이 없
는 빈틈에서 잡힌다.

03-01-05

나는 도약에 집중한다. 도약은 도움닫기로 시작해 착지로 끝난다. 제한된 자원 중에 무엇을 추진력으로 쓸 것인지를 결정하고, 불가결한 충격에 대비한다. 어떻게 떨어질지를 알고 있어야 위로 또 올라간다.

만월의 달빛이 밤하늘을 비추다

03-01-06

나는 소속을 주의한다. 잔디 끝에 꽂힌 목표의 깃대. 공은 깃대로 향한다. 수많은 잔디가 밟힌다. 작은 목표를 세운 수리의 땅엔 포부의 풀이 끊임없이 들어온다. 아름다워 보이는 이곳에서 자신을 잃지 않으려면 커다란 마음가짐이 필요하다. 잡초로 뽑힐 용기와 잡초를 뽑을 협상을 격려한다.

03-01-07

나는 반사에 집중한다. 우리는 거울로서 서로를 비춘다. 상대의 균열인 줄 알았던 곳에 나의 균열이 비친다. 우리는 귀감이 되기보다 귀감을 찾곤 한다. 나를 느끼며 나를 보는 것 보다, 나를 비추고 있는 상대를 보는 것이 편하기 때문이다.

만월의 달빛이 밤하늘을 비추다

03-01-08

나는 바람을 주의한다. 연을 만나면 바람이 불기만을 기다린다. 바람이 불자 얇은 실타래를 풀어낸다. 아주 강한 바람이 불면 놓쳐버릴 것만 같은 긴장감이 돌지만, 잠시 흔들렸다가 또 집중해 본다. 결국 연의 행방은 연줄을 품은 얼레의 감고 푸는 방향에 달렸다.

03-01-09

나는 마찰에 집중한다. 마찰은 파도를 겪어보는 것이다. 나에게 수많은 파도가 밀려온다. 처음에는 파도가 나를 넘어뜨리는 것 같겠지만, 사실은 파도를 많이 타보지 않았던 내가 나를 넘어뜨리는 것이다. 마찰은 수많은 파도를 타보는 좋은 경험이다.

만월의 달빛이 밤하늘을 비추다

03-01-10

나는 관성을 주의한다. 편안한 의자에 기대 앉았다. 안일한 휴식을 하다 보면 안 일어나진다. 온도 차이를 느끼지 못할 때 우리는 서서히 익어간다. 의자에 한번 갇히게 되면 갇힘을 잊어 간다. 스스로 우물 안에 있음을 느낀다는 것은 이미 그 자체로 성장하려는 증거가 된다.

03-02-01

나는 새로운 사람을 만난다. 수많은 바람을 만나 생각
은 모래에서 단단한 흙이 된다. 뿌연 모래바람에 마음이
어지러울 때는 또 다른 사람과 대화해본다. 새로운 대화
는 마음의 대기를 바꾸기도 한다. 비가 내리다 그치고,
햇볕이 내리쬔다. 땅이 다져진다.

만월의 달빛이 밤하늘을 비추다

03-02-02

나는 너를 만난다. 좋은 인연을 알아보는 관찰력과 판단력을 가져본다. 그런 연을 만나는 운도 실력인 시대이다. 내가 너와 걸쳐진 이유는 '정'일 수도, '일'일 수도 있다. 이유야 무엇이든, 너와의 소중한 연을 바람에 태워낸다.

03-02-03

나는 소통한다. 존재가 희미해진 느낌이 들 때, 생각을 말로 내뱉어 본다. 아무에게도 닿지 않는 느낌이 들 때, 생각을 되짚어보고, 또 내뱉어 본다. 소통이 필요한 이유는 또 한 번 알기 위해서이다. 내가 얼마나 소중하고 감사한 존재인지, 내가 얼마나 사랑으로 둘러싸인 존재인지.

03-02-04

나는 소리 내서 웃는다. 나를 다독이는 나의 웃음소리를 듣는다. 나를 다독여본 게 언제인지 가물거려, 큰 소리 내며 웃었다. 오늘 하루 잘 살았어! 즐거웠다! 시간이 지나면 그땐 그래야만 했지, 잘했지. 하며 스스로 다독일 수 있는 날이 온다. 너무 잘했다.

03-02-05

나는 이해해 본다. 말에도 시차가 있어 낮말이 밤말로
들릴 때가 있다. 시차에 적응한다. 적당한 때에 적당한
말을 해석한다. 머릿속을 맴도는 들쭉날쭉한 말에 온기
와 한기가 피어난다. 사실은 다 따뜻한 말을 건네고 싶
었을 뿐이다.

만월의 달빛이 밤하늘을 비추다

03-02-06

나는 감정을 상에 놓아본다. 가끔 걱정이 앞선 말이 먼저 나갈 때가 있다. 너의 위상을 알아차리지 못하고 내 마음이 흘러넘쳐서이다. 보상의 점을 찍고, 평온의 상태로 존재한다. 너무 빠르지도, 느리지도 않은 적절한 상에서 말을 전한다.

03-02-07

나는 믿음을 가진다. 우리 사이에 놓인 미안함이 수줍
게 사과를 보낸다. 그러나 우리는 서로에게 애정만 주
고도 모자란 시간에 살고 있다. 부끄러움을 내보이기에
는 우리는 서로 너무나 잘하고 있다. 지금 이대로 충분
히 잘하고 있다.

03-02-08

나는 네가 자랑스럽다. 누군가는 떠밀려, 누군가는 떠밀어, 시간의 밀도를 느꼈다. 너의 시간을 버텨줘서 고맙다. 너밖에 할 수 없던 일을 너무나도 잘 해냈다. 커다란 존재로 성장한 너의 영향력이 너무나 멋지고 자랑스러웠다. 고맙다.

03-02-09

나는 돌이켜본다. 지금, 이 순간 가장 아름답다. 지금의 나는 지금까지의 내가 만든 존재이다. 존재만으로 감사한 마음이 든다. 감사는 늘 돌이킬 때 찾아온다. 돌이키는 시간 속에서, 시간이 얼마나 흐르더라도, 여전히 아름다울 거다.

03-02-10

나는 잔을 내어본다. 시간에 메여있다 보면, 그렇게 내기가 어려운 한 잔이다. 함께한 추억을 함께 논할 시간이 얼마 남지 않았다. 보고 싶은 사람이 있다면, 망설이지 말고 한잔하러 가본다. 더 늦기 전에.

03-03-01

나는 나를 보여준다. 내가 어떤 사람인지 저마다 보여주고 싶은 모습이 있다. 그 모습을 극대화할 수 있는 경험에 관해 이야기한다. 거짓 없는 각색의 경험은 한 편의 영화가 되고, 사람들은 그 경험이 곧 내 모습과 동일하다고 생각한다.

만월의 달빛이 밤하늘을 비추다

03-03-02

나는 상태를 바라본다. 숨의 방향을 살펴본다. 입꼬리를 한껏 올리며 숨을 들이마시거나, 눈꼬리 한껏 내리며 숨을 내쉰다. 때로는 아무 말 없이 고개를 끄덕인다. 더 이상의 말이 필요 없을 때이다. 말하는 시간도 아깝다. 숨을 고를 곳을 찾아본다.

03-03-03

나는 목표의 상을 맞춘다. 눈앞에 떨어진 단추에 제각기 바늘을 들고 꿰려 한다. 옷에 달린 단추를 살핀다. 단추의 모양과 크기가 제각각이다. 첫 단추를 잘 맞춘다. 옷과 단추를 번갈아 살피며 유의미한 끝을 뽑아낸다.

03-03-04

나는 계획을 공유한다. 통제의 탑에 물이 흐른다. 모두 각자의 자리에서 컵을 꺼내 흘러넘치는 물을 담는다. 뭔지 모를 물이 무언가 열심히 허덕이고 있는 이에게 건네진다. 어떤 물을 담았는지 보다, 어떤 물을 담을 건지 컵에 적어 논다. 한 것보다 할 것을 보여준다.

03-03-05

나는 편을 느낀다. 한배를 탄 사람들이 각자 진실의 섬을 향한다. 바다 위 섬에 닿는 것은 왜곡된 파도뿐이다. 바다가 요동치자, 방향키도 흔들린다. 곡해된 키를 똑바로 붙잡는다. 얼마 남지 않은 사람들과 함께, 여러 섬에 닿아본다.

만월의 달빛이 밤하늘을 비추다

03-03-06

나는 목록을 나열한다. 돌멩이를 들고 하얀 선을 그었
다. 구슬이 모여 있다. 어떤 구슬을 굴려, 어떤 구슬부터
빼낼지 생각한다. 급한 구슬부터 하나둘씩 쳐낸다. 동시
에, 천천히 할 수 있는 것부터 해본다.

03-03-07

나는 실행한다. 꽤 높게 쌓인 단단한 모래성에 깃발을 꽂았다. 얼마큼의 모래를 어디서부터 어떻게 뺄지 고민했다. 너무 많지도, 적지도 않게, 적당히 빼보았다. 깃발이 쓰러지지 않는 정도에서, 할 수 있는 만큼 해본다.

만월의 달빛이 밤하늘을 비추다

03-03-08

나는 그림을 그린다. 산에 한 번도 가보지 않은 사람에게 산을 그려준다. 산에는 여러 길과 풍경이 있다. 오르막을 보여줄지, 내리막을 보여줄지, 어떤 풍경을 보여줄지 선택한다. 한 산에 있는 오르막과 내리막, 어떤 것을 보느냐에 따라 그 사람의 방향이 달라진다.

03-03-09

나는 반응을 관찰한다. 어떤 상황에 대한 다른 시각의 말을 들어본다. 지난날의 삶이 말에 묻어 나온다. 삶 속에서 자라난 생각과 가치관일 뿐인 말이 담겨 나온다. 반응은 그저, 현상일 뿐이다. 그 내면에 담긴 의의를 생각해 보면, 어떠한 반응도, 어떠한 말도, 다 토닥여 주고 싶다.

만월의 달빛이 밤하늘을 비추다

03-03-10

나는 이야기를 만든다. 블록을 보면 높게 쌓아야만 할 것 같다. 돋보이는 블록을 직접 찾아 나설 때도 있다. 우리는 블록으로 자동차를 만들 수도 있고 책을 만들 수도 있다. 결국 어떤 순간에 내가 만들었던 재미있는 블록 이야기를 하는 것뿐이다.

4.
공전하는
별도
외로움을
느끼다

하나의 별 주위로 수많은 별이 돌아다닌다. 공전하는 별들도 외로워 그렇게 서로를 끌어당기고 있는 걸까? 암흑으로 가득 찬 감각에 외로움이 새어 나온다. 외로운 별들은 속을 애태우며 별똥별이 되기도 하지만, 또 어떤 별들은 닿아 있지 않더라도 늘 함께하는 존재를 마음에 품고 공전하고 있다.

우리 몸은 마음의 벽에 닿아 있다. 감각은 그 벽을 관통하는 작은 통로이다. 새로운 경험은 감각을 열어낸다. 부서진 만큼 보이고, 들리고, 또 느낄 수 있다. 범람한 감각은 마음에 균열을 만들기도 하는데, 이 균열은 결국 단단한 몸으로 다시 메워진다. 이것이 우리가 몸과 마음을 돌보아야 하는 이유이다. 그러나 바삐 돌아가는 세상에는 돌봄의 여유가 없다. 우리는 높은 벽을 쌓아 말랑해진 몸을 보호하고 있거나 톡 건들면 부서질 것처럼 놓여있기도 한다. 무의미한 말에 암흑이 응집한다. 암흑은 벽의 균열을 타고 넘어 통증이 된다. 우리는 통증을 외로움으로 밀어내고, 억압과 분출에 박차를 가한다. 아무 존재도 없는 듯한 공허에 남겨져 힘없이 떠다닌다. 그럴 때는 감각을 달래주러 가본다. 감각에 보낼 몸과 마음을 다독여본다.

밥은 잘 먹었나?

잠을 충분히 잤나?

신체 활동은 충분했나?

그 말과 얽힌 나쁜 경험이 있었나?

마음을 무엇부터 채울까?

생각을 어떻게 바꿀 수 있을까?

감각은 우리가 키우는 것 중 가장 날 것이다. 준비된 감각은 온 우주를 가져다주지만, 마비된 감각은 몸의 파멸과 사고의 함몰을 가져온다. 이때는 문고리를 꽉 걸어 잠근다. 아무리 위대한 성인이 와도 문을 열어주지 않는다. 암호를 정해둔 듯이 때를 기다린다. 그저 하고 싶은 말과 듣고 싶은 말이 있는 것뿐이다.

04-01-01

나는 속박의 길에 들어섰다. 무거운 권리가 일상의 벽에 스민다. 몸이 무겁다. 달리지도 않았는데 숨이 찬다. 따로 또 같이, 함께 또 홀로, 자신만의 마라톤에 나간다. 한 발 걷다, 또 한 발 뛴다. 끝이 보이지 않는 선을 향해본다.

공전하는 별도 외로움을 느끼다

04-01-02

나는 나의 결정을 존중한다. 아름답게 깨져있는 길 위를 걸었다. 결정에서 수반된 고통 조각을 모았다. 꽤 많은 조각으로 붉은 탑을 쌓았다. 서로의 탑에 우리의 탑이 경시되기도 하였다. 복에 겨운 탑은 무너질 수도 없었다. 차라리 아무것도 모르는 나그네나 탑을 흘긋 보고 경외했다.

04-01-03

나는 나를 정확히 놓는다. 제한된 시공간의 좌표에 나를 놓는다. 가장 예민한 감각을 절실함의 차원에 그려 넣는다. 거시의 공간을 시각에 찍어 담고, 미시의 시간을 청각에 흘려 담는다. 그렇게 나로부터 세상을 느낀다.

공전하는 별도 외로움을 느끼다

04-01-04

나는 가치에 우선순위를 매겨본다. 양손에 한가득 가치를 쥐었다. 끝까지 붙들고 있고 싶었는데, 손에 힘이 들어가지 않는다. 하나둘씩 내려놓아 본다. 아무도 없는 느낌이 들 때엔 도와달라는 말도 쉽게 나오지 않는다. 그럴 때는 정말로 마음을 조금만 내려놓는다. 그리고 마지막에 남는 의식주의 가치를 확실히 쥐어본다.

04-01-05

나는 몸에게 옷을 입힌다. 단정이 어려워진 몸은 마음과 생각을 흩트려 놓는다. 서러움이 스미지 않도록 풀어헤쳐진 셔츠 단추를 잠근다. 깨끗한 몸에 깨끗한 옷을 입고 깔끔한 나를 조금씩 찾아가는, 나를 위한 시간을 가져본다.

04-01-06

나는 먹고산다. 정신없이 달리다 땅에 닿았다. 몸이 떨렸다. 구색을 갖추지는 못했더라도 도움이 될 만한 끼닛거리를 손에 가져다주었다. 입맛이 없을 때는 따뜻한 우유라도, 달콤한 간식이라도 먹어본다. 어떻게 살지는 무엇을 먹느냐에 달렸다.

04-01-07

나는 집에서 쉰다. 마음 편히 쉴 따뜻한 집을 그려본다.
적당한 여백에 포근한 색감을 물들여본다. 집이 젖어 들
어간다. 꾸밈은 없어도 가꿈이 있어야 모든 것이 편안해
진다. 마음의 잡음을 잠시 멈추고 무음의 지대로 간다.
쉬어 본다.

공전하는 별도 외로움을 느끼다

04-01-08

나는 숨이 차는 활동을 한다. 답답함이 밀려올 때 큰 숨을 쉰다. 한숨 한숨이 모여 숨으로 온몸이 가득 찬다. 숨이 막히는 느낌이 든다면, 내려놓지 못했던, 버리지 못했던 물건들을 정리해 본다. 그리고 숨을 내쉰다.

04-01-09

나는 뜬금없이 꽃을 선물한다. 삭막한 삶에 막막함이 밀려올 때, 꽃을 사러 간다. 어떤 색이 좋을지, 어떤 향이 좋을지, 어떤 의미가 있는 꽃이 좋을지, 고민해 본다. 아름다움을 눈에 담아본다. 내 몸 가까이 좋은 향기를 느껴본다. 삶에 생기를 담아 본다.

공전하는 별도 외로움을 느끼다

04-01-10

나는 마음을 다해본다. 절박의 절벽에 별별 생각이 다 든다. 정신을 똑바로 차려본다. 필요한 것을 생각해 낸다. 기민의 신발을 신고 몸을 일으켜 세운다. 나를 위함에 온 마음을 다한다.

04-02-01

나는 이미 알고 있다. 내가 잘할 것을. 사실은 내 존재만으로 힘을 내고 행복해하는 사람이 늘 곁에 있다. 때때로 책임 없는 쓴소리를 예쁜 포장지에 담아내는 이도 있다. 괜찮다. 나를 아끼고 믿어주는 나와 우리 가족에 집중한다.

04-02-02

나는 되뇌어본다. 무대에서 내려온다. 외롭지만 외롭지 않다. 함께 있어도 외롭고, 혼자 있어도 외로울 때가 있다. 그때는 그저 조명이 꺼진 것뿐이다. 암흑 속에 아무도 없는 느낌이 들 때는, 또다시, 내가 나를 알아봐 준다.

04-02-03

나는 집중해 본다. 미움과 원망의 감정이 올라올 때는 상
대를 측은하게 바라봐본다. 고통의 순간은 힘겹지만, 시
간은 단 한 번도 머문 적이 없다. 고통의 시간에 집중할
수 있는 무언가를 찾아본다. 힘들었던 만큼의 행복이 바
로 뒤에 찾아온다. 지나가지 않는 시간은 없다.

공전하는 별도 외로움을 느끼다

04-02-04

나는 감정을 설명한다. 내 뜻대로 되지는 않는 세상이다. 상황을 통제하고 싶어 하는 불안감을 조절한다. '해야 해!'의 강박과 '안 했어?!'의 타박보다 고개를 숙여 침묵해 본다. 감정의 동요가 지나 담담해진다. 그저 그 상황과 그 감정을 전해본다.

04-02-05

나는 걸어본다. 무기력하고 우울할 때, 숲이나 공원을 거
닐어 본다. 푸르른 나무와 잔잔한 호수, 가만히 멈춰 보
이는 것들에 생동감이 가득하다. 구름이 걷히고 햇빛이
비친다. 무력의 감각에 힘이 찬다.

공전하는 별도 외로움을 느끼다

04-02-06

나는 빛을 본다. 혼란한 마음에 시야가 흐려진다. 막막
할 때이다. 그럴 땐 눈으로 익숙함을 본다. 낮엔 지난날
의 찬란한 햇빛의 색감을, 밤엔 날 다독이는 좀 더 따뜻
한 색감의 빛을 쐬어본다. 선명한 빛이 마음에 비치며 반
짝거린다.

04-02-07

나는 마음을 나눈다. 마음을 정의해본다. 정의한 마음에 생각을 담아 본다. 생각을 표현하는 연습을 해본다. 내 마음을 나누기까지, 다른 사람의 마음을 건네받기까지, 창백한 겁이 외로움을 꽉 붙잡고 놓아주기까지 오랜 시간이 걸렸다.

공전하는 별도 외로움을 느끼다

04-02-08

나는 위로를 받아들여 본다. 위로는 받는 것이 아니라 받아들이는 것이다. 음악이 위로되는 것은 음악의 마음이 내 마음에 닿았기 때문이다. 늘 누군가가 나를 알아주고 있다는 마음을 기억한다. 마음이 잠시 깊은 물에 잠기게 되어도 곧 수면 위로 올라간다.

04-02-09

나는 스트레칭을 한다. 정강이나 등허리, 어깨 등 각지의 근육은 조직적으로 굳게 뭉친다. 뭉친 곳에 부정의 피로가 모인다. 기지개를 켠다. 가동 범위를 늘려 뭉친 곳을 풀어낸다. 힘차게 움직일 준비를 해둔다.

공전하는 별도 외로움을 느끼다

04-02-10

나는 온기를 느낀다. 회의감이 들 때가 있다. 지금까지 한 게 무엇이었는지, 지금 무얼 하는 건지. 수많은 힘에 부딪혀 충분히 움직일 힘이 없다. 차가운 눈을 맞아 몸이 얼어붙는다. 감각이 마비되기 전에 몸을 따뜻하게 데운다. 따뜻한 차를 마시거나 따뜻한 곳에 누워 푹 쉰다.

04-03-01

나는 시작한다. 내 생각과 다르다는 점에 갈등을 겪는다. 서로 다른 생각, 그것을 인지하는 것이 조율의 시작이다. 조율의 과정에서 대화는 불가피하다. 이때 변화할 수 있는 것과 변화할 수 없는 것을 구분한다.

공전하는 별도 외로움을 느끼다

04-03-02

나는 생각한다. 생각보다 생각에 많은 생각이 포함된다.
사람들은 생각보다 생각 없이 산다더라. 생각이 없다. 생
각할 필요가 없다. 그 생각이 서로 다른 생각에 관한 것
은 아니길 생각해 본다.

04-03-03

나는 타협한다. 꽃을 샀다. 보살피지 못한 꽃은 시들어 갔다. 아무리 좋은 꽃도 여유가 없다면 선택을 서두를 필요는 없다. 그러나 또 너무 많은 것을 따지다 보면 아무 것도 선택할 수가 없다. 나 자신을 되돌아본다. 적당한 선에서 타협해 본다.

공전하는 별도 외로움을 느끼다

04-03-04

나는 존중한다. 때로는 이해 불가의 상황에 맞닥뜨린다.
그때 만난 사람에게 존중을 선물해 본다. 받고 싶은 선
물을 받아보지 못한 아이에게 내가 가진 선물을 나누어
본다. 애정에 존중을 더한다.

04-03-05

나는 대화한다. 상대와 화음을 맞추어본다. 대화를 조
율해 본다. 불협의 듀엣을 완주하려면, 한음에 맞는 화
음을 다시 쌓거나, 그 음을 넘기고 흐름을 찾는다. 그렇
게 맞지 않을 것만 같던, 듣기 불편한 음들은 제자리를
찾아간다.

공전하는 별도 외로움을 느끼다

04-03-06

나는 세공한다. 보석과의 만남보다 원석을 찾아 세공해
본다. 우리는 서로에게 가장 반짝반짝 빛나는 보석이 된
다. 손을 맞잡는다. 점진의 과정에서 즐거움과 행복감이
함께 하길 바란다.

04-03-07

나는 맞추어본다. 배려의 퍼즐을 맞춘다. 한 조각, 한 조
각 표현 방식을 맞추어 나간다. 서로의 퍼즐이 달라 안
맞는 느낌이 들 때도 있다. 몰라서 못 맞추는 것과 알아
도 못 맞추는 것을 구분하기 어려우니, 잠시 멀리 떨어져
전체 그림을 바라본다. 그리고 다시 맞추어 본다.

공전하는 별도 외로움을 느끼다

04-03-08

나는 돌본다. 상대를 위한 제일의 배려는 자기 몸과 마음을 가장 잘 돌보는 것이다. 몸이 힘들면 마음에 생기는 멍이 몸을 짓누른다. 누가 더 힘든지 우열을 가리다 보면 멍만 커진다. 나를 위한 시간이 영 없을 때는 진짜로 아주 조금만 버텨보자. 그리고 내 몸과 마음을 돌보아본다.

04-03-09

나는 궁금해한다. 어젯밤 잘 잤는지, 아침밥은 잘 먹었는지 물어본다. 좋은 아침을 맞길, 좋은 하루를 맺길 바라본다. 너의 힘을 응원한다. 너의 기분이 오늘 하루를 좋은 날로 기록하길 짚어본다.

공전하는 별도 외로움을 느끼다

04-03-10

나는 경청한다. 경청의 가치는 추론에 있다. 상대는 어떤 말이 하고 싶은지, 사실은 어떤 말이 듣고 싶었는지 유추해 본다. 서로를 마주한 우리는 의외로, 서로에 대해 모를지도 모른다. 질문해 본다. 그 끝에 공감을 전해본다.

5.
치열한
태양에
공감을
말하다

어두운 밤이 지나 태양이 다시 떴다. 태양은 뜨고 지기를 반복했다. 우리는 우리 주위를 맴도는 태양인 줄 알았지만, 사실 맴도는 것은 우리였다. 우리는 아주 오래전부터 태양의 도움으로 성장해 왔다. 도움받는 것이 익숙해질 즈음 가끔 화를 내며 밀어내기도 하였다. 그러나 아무리 밀어도 멀어지지 않는다는 것을 이미 알고 있었다.

태양은 늘 홀로 하늘 그 자리에, 너무 가깝지도, 멀지도 않게 있었다. 아무 말 없이 뜨거운 열과 힘을 견디며 평형을 이루고 있었다. 아름답고 따뜻한 빛을 온 우주에 흩뿌리고 있었다. 태양은 자신의 존재가 미치는 거대한 영향력을 알고 있다는 듯, 자신을 태우며 너무나 치열하게 살아가고 있었다.

우리는 그런 태양을 바라보며, 그저 주위를 기웃거리는 한낱 해바라기 같은 존재였다. 영원히 빛날 나의 태양일 것으로 의심치 않았다. 그래서 오늘도 환한 세상을 바라보기만 했지, 태양의 삶에 대해 생각해 본 적은 없었다. 지난날의 태양도 누군가를 공전하고 있었을까? 어떤 시간에, 어떤 가치를 태우고 있을까? 공감하기엔 너무나 거대해진 존재. 우리는 태양을 공감할 수 있을까? 태양의 끝에 우리는 어떤 말을 할 수 있을까? 우리에게 시간이 얼마 남지 않았다. 단 한 번도 시간은 머문 적이 없었다.

"행복했어."

"고마워."

사랑, 몸, 마음, 그리고 생각의 시간

"그리울 거야."

"걱정하지 마!"

.

사랑, 몸, 마음, 그리고 생각의 시간

"사랑해."

나가는 말

　아이가 태어난 작은 연립에는 예쁜 화단이 딸린 마당이 있었다. 마당 입구에는 우리를 포근히 반겨주는 은행 나무와 단풍 나무가 있었고, 마당 평상에 시원한 그늘막이 되어주는 커다란 모과 나무가 있었다.

　동네 아이들이 삼삼오오 모였다. 아이들은 마당을 돌아다니며 적당히 모가 나 있는 작은 돌멩이를 찾았다. 맨바닥에 땅과 하늘을 그리고 땅따먹기를 하고 놀았다. 밤이 되면 풀벌레 소리가 들리는 마당 평상에 하늘을 보고 누웠다. 그때 보이는 별이 참 아름답다고 생각했다.

　눈이 내리던 겨울, 아이들은 산 위로 흩어져 멀리 떠났다. 가방을 메고 열심히 달리는 동안 아이의 마당은 없어지고 높은 벽이 세워졌다. 잠깐 멈추어 하늘을 보았다. 가려진 건지 사라진 건지, 반짝이는 별도 잘 보이지 않았다.

별들의 대지에는 지금도 꽃이 피고 있다. 길 위에는 시든 불꽃을 살리기 위한 장작더미로 가득했다. 사방이 막혀 있는 통로에서 모두가 공감과 소통을 이야기하지만, 우리가 받을 수 있는 공감은 오직 엄지손가락의 방향뿐이다.

결국 처음부터 미로의 출구는 나 자신만이 알고 있다. 우리 모두 아이였을 때부터 해왔듯이, 더 나은 방향으로 나아간다. 잘한 일에는 칭찬, 부족함에는 격려의 말을 전한다. 예부터 '발 없는 말이 천리를 간다'라고 하니, 서로가 서로에게 차가움으로 남지 않길. 따뜻한 말이 만연하길. 바라본다. 우리는 우리에게, 그리고 나의 별에게 어떤 말이 하고 싶은가.

별의 미로

다산의 시대, 출구는 하나

1판 1쇄　　2024년 5월 8일

지은이　　이유진
디자인　　이유진

발행처　　도서출판 아운
등록　　2024년 3월 8일 제2024-32호
이메일　　aounbook@gmail.com

ISBN　　979-11-987071-0-9 (03810)